JN093075

精神の配達

眞神 博

Magami Hiroshi

風詠社

目次

I

Ⅲ

装幀　２ＤＡＹ
装画：上村宏幸

I

善も悪も鳥肌が立つ

貴金属の音がする
人の背丈と同じ高さの世界では
善も悪も鳥肌が立つ
時間は背が高く
私の手には届かない

不特定多数の窓から
ピントが合ったら直ちに撮影される
真の像を結ばない
現実もいらない

肢体のレベルで
現場に出て行く
人という人は腑分けされ
こうなると予感された形で
路上にばら撒かれる

言葉で感染し
潰れて行く私の心の中には
それでもいつも
笑うものがいる
鮮やかな偶像の中に
今日の
私自身が刺さっている

烈しい風に捲り上げられながら
とても神聖とは言えない
新しい肌に包まれた私が
ピアノの一音の様に独立して
向こうの通りを歩いて行く

訊問

夜
私と飼い犬が
誰かが借り上げている土地を
真剣に散歩していると
桜の下に人が集まり
シーンとしている
花びらは
一枚一枚変化（へんげ）する

闇の背がどんどん伸びる

木の下の
地面は少し開かれ
中身が覗くが
全開ではなく

犯罪者でないから
訊問される
もう後がない私たち

桜は
高度な技術を持つから
咲いている間は
近付いてはいけなかった

生き物の気運をいっぱいにして
こぼれる花びら
こんなことをしていて
なぜ壊れない

桜の下で
身に覚えがないのに
訊問される
私という生き物
遠くの方から殺される

普遍的なサタン

たった今
私が相続したもの
脱ぎ捨てられた衣服の形で
強ばったままの
普遍的なサタン
ただちに
エロスの領域に入る

人知れず
熟れた実が

収穫の約束を破り
サタンに成って行くことが
掛け替えがない

閉じながら
深く遺伝して行く言葉が
食べ物と同じくらい
私を助ける
サタンも祈る

明瞭で
幽かで
行き先不明の
細長い指先に

誰か　従って行く者はいるか
あなたの身体に
差し込まれたままの

無原罪

風が立って
月の引力がとても強かった日の午後
私の家の軒下に
自画像の様な蜂の巣が宿った

取り敢えず引力と言われているものは
この世と
この世ならざるものとが引き合っている

破綻する心を宥められ

肥やされて人となった私たちが
遠くの方まで遊びに来て見つけた
この世を
本当にあると思うことが怖い

疎外のイメージを帯びた
私たちの身体は
見えない手で
臓器ごと
どこに移植されようとするのだろうか

身体という耐えられない配置で
最後の力を振り絞って
私はあなたに優しくしてあげている

人をして
説明できないものを説明しに来た
崩れそうな
蜂の巣は軒下から降りない
誰も降りて来ない

擦れ違う才能

私たちが育てた迷路である街を歩いていて、私は誰にもぶつからなかった。もしぶつかっていれば誰かと非人間的に拘っていたであろうに。人々はざわざわと吸い寄せられては、微妙な擦れ違い方をする。私たちが触れ合いながらもぶつからないのは、瞬時にそれぞれが先行する自分の心について行くからだ。しかし人と人は言葉をぶつけ合うことによって心が裸にされ、跳ね返る裸の言葉が、多数としての個の中に一人ひとりを組み込む。最小限の言葉を持つことで、人間は誰にも追随しない。言葉でぶつかり合いながら、動物の中で真っ先に死んでも不思議ではない人間は、時間という木に止まりながら短い文章としての生を繋ぐ。

人間は岩石でもよかったのになぜ恒温動物になったか。或いは時空の都合で岩石になった兄弟もいたかも知れない。私たちは自分の体温を計って現実の寂しさを毎日知る。外界は身体と共に育ち、個の死も外界においては育ちなのだ。気が付かれないことで唐突に出現する様に感じられる外界と、ぶつからずに擦れ違っているので私は存在し、現在も他の次元と擦れ違うので存在する。「死と隣り合わせ」とはそう言うことだ。身体はこの世界から自分が消えるために使われるもので、人間が自分で定める終末と言うものだ。

身体は時間に納められる税金として化石化する。身体は起承転結として時間に沿って述べられるのではなく、話が通じないもので構築されている。身体が触れ合う現実では、触れられる時には化石も生きたものとして、人間の手に柔らかな感覚が蘇って来なければならない。外界に受け取ってもらった生命が戻った所を身体という。化石は生きる者が差し出す手と崇高に擦れ違う。

人間の身体は数学を孕む。数を呑み込んでいることによって人間は身体の内で自身を他者と置き換える。数値の軌跡である空間に、人間は時間差という形で他者を認める。時間差の世界である空間において、私の身体はあなたに触れられ知られてしまう。私はあなたを触るのではなく、私が触っているのはあなたの様なものだ。私たちの間には身体というライトがぼんやりと当てられ、身体さえも無い所に時間は在る。

時間は時間であって時間でないもの、すなわち「永遠」が壊れ続けた無言の失敗作で、私も損なわれた者だ。肢体には損なわれた感じがずっと残る。穏やかで強烈なギャップを持つ時空が形を成すのは奪う時だ。私はあなたに入り込まれ、また誰かに入り込んで私を成している。

頽廃する前にユダヤ人はエジプトからゆっくりと出て来た。ニュースになってからでは遅い。他者を捨てる以上に自分が捨てられている、人間は時間が染みこんだ手紙として差し出された。独立した行為と擦れ違う時間は互いに手出しが出来ない。移動できない時空、即ち言葉でしか表せないものは、直接人間の実にならず、言葉と共に消えて然るべきだ。私は自分が今どんな所にいるのか、ぶつかってしまった人に訊いている。

ミルク

どうして貿易が必要であったのか
些細なことから手に入れてしまった
社会の匂いがする
変なミルク
続けざまに飲んで
噎せる
何が混ざっていても
いらないとは言えない

子供時分の私のパチンコに撃たれた雀が

今落下するのは
懐かしい
広々としていなければならない空に
私は身を投げようとする気持ちが強い

無時間の空の下
人が地面に躓きながら
子供から大人へ成長するというのは
おかしい
生きているというより
死んでいるというより
私は
手に負えない
変なミルクを飲んでいる

静かなので頭が痛い

快晴の
人っ子一人いない野原で
駅を探して
ぐるぐる巡る
私をここから連れ出してくれる
頼りになる駅を

どうして
私の知らない私が
野原に取り残されているのか

つまり
静かなので頭が痛い
静か過ぎるので

もう私は
私という姿だと言うのに

この世をあまり長くさ迷うと
鮮度が落ちる
白昼の行き止まりで
一瞬の父と
一瞬の母に会ってから
私は公園に辿り着き
水道の蛇口に手を下す

生きているものの様に
捻っている

精神の配達

本当のことは分からないが
ただ覚えている
さっき
私に
精神の配達があった

私は無理やり眠りに引き落とされ
夢に接着させられ
数え切れない夢を押しつけられた
決まった時間に

決まった量の夢を見たいのに

夢は現を見張るので
恐ろしい
現は突然
深い夢と入れ替わり
牙を剥く

うまく言えないが
試しに
一回だけ掛けた電話が届いてしまった
ここは
そういう所だ
私は

ここから引き落とされたのだ

良く知っている人ほど遠ざかり
身元がわからない
目覚めた時に
誰が
本当は誰であるのかが
発表される

時の街

生き物である私にとって、生き物でない石が頼りだ。何処にでもあり、私の記憶を代表している。生きていないものが在るというのは何とも素晴らしい。生き物でない石は時間の宿りだ。時間と共に推移するので年を取らない。生き物でなく死でもないものの存在は、生き物の心を安心させる。自分を取り囲む事物から時間をもらう、生き物は自分を限りないものとはせず、限界を持ちたい。母胎から逸(はぐ)れた感覚は有限でありたい生き物の欲求だ。私が石を見る日は寒い。自然から石を伐り出した時に寂しさは始まる。言葉によって石は寒い時間を持つものとなっている。言葉に依らなければ、自然に浸みている時間を味わうことができない。生きていないものが放つ生き死にを超えた時間を浴びながら、私たちが一生を掛けて発する言葉は一つだ。

人は逸れた時の街に進入し続けるが、どうしても言い伝えとは違う所に着いてしまう。時の街は主人公の到着点を持たない。私たちは取り敢えず言葉という公共に繋がれているので、時の街での流浪に耐えることができる。時の街には言葉の電線が張り巡らされ、言葉はどんな使われ方をしても公共性は失われないから、虚偽であっても伝わる。公共性を時間で言うと現在だ。言葉と時間は使われることによって裸にされる。時間は見通しを持ったものとして出て来る。言葉は独立し何者にも付属せず、目的を孕み、どんなに使われても減ることはない。外界を形成する物は並び立つが、言葉は並ばず各々が飛躍によって結ばれる。誰かが言葉を信じて使うことによって、他者が救われる仕組みだ。信じるとは、その人の精神が誰かの食べ物として供されることだ。時間は漏水して時がない場所をも時の街に変える。

目に見えない光である時間は光源を持たない。私たちが見るものは時間が差し出したものに限られる。私たちは時間が用意する道を歩いているが、道を間違えることも用意される。道は作られた時から、誤った方へも導く様に出来ている。時間に沿った人の離別は、人が人に対して別れるのではなく、自分がその時の自分に別れることだ。時の進行は、進んでいることが感じられない本性を持ち、新たな生がどこに出現するか分からないと言う野蛮性を孕む。死とは私たちが言葉によって事象に預けた時間が回収されることでもある。人の出現がなければ、人以外の存在は明るみに出なかった。子は親を生んだ。場所を持たない「死」というシンボルは、時の街で主語になることはない。

私たちは時の街に在るものをその影で憶える。時間の影は速度だ。人は時間・遺伝の断続からではなく、出来事から出現する。人の心は事件性を孕んだ時に明るみに出され、生は個人という形で延べられる。心は不順に移ろい、人格にそぐわない心は次々と追い出され更新される。新しく居座る心はどれも「私」であると言う。無数の心が「私」という立場を取る。私でなくなった心は、野良猫の様に私たちの手や顔を舐めに来る。家の入り口に佇んでいる猫がいたら、それは出て行った私たちの心であると知らねばならない。

線分

空に線を一本引いたものが
私の身体であるとしたら
ちょうどあそこから　あそこまでだ
引かれた瞬間
誰かを損なったか
空は　何かが続いているわけではないのに
ずっと空

地上では
降りしきる雨の中

私は蜉蝣の身体で
人工物に止まり
翅を震わせているが
空では線分として
はっきりと目に見えている
全力でそこにいる
地上の私が滅びそうな時に
近付いて来る

しかし私には
自分が空と言っているものが
いつ発見されたのかも分からない
そこに自分はずっといるのに
時間の形では

地上に身体を持っている

空は別な意味を持ち
さらに
別な意味を持つ
全身で空を感じながら
私はまだなのかと思う
そして
何がまだなのかと思う

羊水

とても天気が悪いのに
雨が降らない

湖が見える
とても勢いよく存在している
流れない水
目を凝らすと
水面に無数の傷が入っている

形のない水で造られる身体

私はここのメンバーだ
引き替えに
ごっそり時間を持って行かれ
私は
過ぎ去る力を持たない

水底を
何にでもすぐに手を出したがる人が
笑いながら覗きに来るが
壊れているものばかりで
めぼしいものが
何も見つけられず
じっと顔を映すだけだ

注ぎ足される水
手足が絡み
もつれる身体
生きる手続きが出来ないまま

水の正体は知られることがない
だから誰でも
もし水を捨てて
人として生まれた場合
それは謎であり
神聖な事故なのだ

うずたかい目覚め

賭け事に負けたあとの
深い眠りから覚め
しばらくすると
夢の中で食べていたものと
同じ様な味がする
口を動かすと
何か
嫌なものが残っている

目覚めたばかりの

うずたかい目覚め

精神状態が
行ってもいない場所を
正確に思い出させてしまう
途端に
現に雷も鳴り
他所から人が
私を完全に取り出すために
トラックで迎えに来る

深い眠りがあれば
うずたかく
決して辿り着けない目覚めもある
だから思わぬ人に
そっと肩に手を掛けられるたび

もう何度も
そこに行ったことにしてある

それを
見上げればいつでも見える
空に譬えよう

「昨日」や「今日」の様に
分解されて
思い出されるものではない
そのものこそ
私たちが言葉で建築している
永遠と言うものでなくて
何であろうか

歩行という武器

修復が施された
家の前庭
庭に敷かれたままの電車の線路
前の方が欠けている

線路の先に何があるのか
かなり前に崩れて
積み重なった
時間の残骸しか見えない

見えると言う人を連れて来ると
その人もいなくなる
その先は
もう先とは言わない

声を使って呼び掛けると
消えた人の
返事が聞こえる
道など
何処にも見当たらないと言う

身近な人が歩いて来るのは
不思議なことだ
遠くに見えていたものが

バラバラな時間を一つにして
もう一人の私になって
迫って来る

彼の人の
歩行という武器に撃たれて
私の身体がバラバラになる

時の溜まり

包帯を剥がされる様に
動物は
薄らと人の姿に帰って行く

誰かが飲んだ跡がある
時の溜まり
私は
見えない文字で書かれた本を
もう読み終わりそうだ

物語が
雨になって
部屋ごと濡らしている
私の息がまだ続いているこの時に

私の身体に
伝えられた物語
私は何で出来ているのか
濡れた身体が乾かない
この部屋に
新しい動物が来ないので
私はずっとここにいる

びっしょり濡れた身体

震えていると
追い討ちをかける様に
時を飲んだ人の言葉が
私の口に上る

神秘体は痩せている

寒さが重なった朝
使者の様に
雀は音もなく
私の足下に来ていた
自分の一番小さい身体になって

何かを伝えに来たのか
それとも
喉に餌でも詰まらせたのか
自分の身体の中の様に

そっと触ってみた
その身からは
悪いものは何も出て来ない
神秘体は痩せている

初めて人の手垢が付いた
柔らかな翼
私の足下に来てくれたことで
却って遠くへ行ってしまった

何かの影の様な
雀の影
私の中に吸い込まれた
飛翔

私はこれからそれを
時間の中で持て余さなければならない

化石燃料で暖を取る朝
私は掌に
雀の身体の重さを感じている
いなくなってからの方が

製品になった金属

朝起きた途端に夢を見た。眠りの中の曖昧な夢から、現の鮮明な夢に移る。呼吸するために水面から顔を出す瞬間の様な覚醒への手続き、或いは新しい生に向かって記憶を清算する儀式。夢に重力が加わり紙一枚が重い。それは意識の水底から掬い上げる砂金の様な重さだ。紙は生き物ではないけれど、両性を具有していることが手触りから感じられる。覚醒した夢は一束の書類の様に、私の意識に保管される。曖昧な夢に水を掛ける様に、私は徐に顔面を洗う。傷だらけの顔で現の領域に入って行く。朝は先の保証がないのに、生きる決意を促す不思議な時だ。夢の配達人は誰にも顔を覚えられてはいけない。配達が終われば自分が誰であるのかも忘れるのだ。

午睡から覚めると、世界は生まれたばかり。洗濯物を干す途中の様な創造の中断を見てしまった。今日であり明日でもあり得る見晴らしの良さを示す作業現場。誰も口に出さないが、動き出す世界の行く末、何に感染しそれがどの様に蔓延して行くかも分かっている。冷静な夕方。しかし辺りが静まり返るほど、創世のぶり返しが凄まじくなる予感がする。朝に消し忘れた火が、今になって燃え広がった様な夕焼け。あまりにも唐突な告知を口に出せず、私一人が世の終わりを感じる愚か者になる。行動の確率から割り出された身体が寝起きする、居心地の悪い時間。

この世界は存在していると言うより、そう思われている置き去りにされた代物。製品になった金属。

時間の鱗粉

街には
緩い警備が敷かれている
手入れが行き届き
人の流入が続く
入口だけの街
みんな平気で生きている

街を覆う
低い空の下
私たちは

いつもすり替わり
今日も無事ではない

接触が悪い
人と人の影は
静物の様に
暮らしの中で止まる
穏やかな息遣いは
呑み込もうとすると
喉につかえる

昨日を
世の始まりとして
人里に影を落としながら

一日を
一生の様に舞う蝶

原初の鋭さが残っている
蝶の飛翔は
どうしても地上に絡んで来る
それは
ないとも言えるし
あるかも知れない
人が合成できない
時間の鱗粉を撒く

花

川辺には
今日
花だけが咲いている
遠くからこちらを向いて
私が通り過ぎても
まだこちらを向いている
私たちは不思議と
距離を持たない

他所から避難して来たものの様に

人知れず
ここに咲いてしまった花
私がまだ知らない色で
咲いている

近付くと
遠ざかる川辺の時間
柔らかな土に
ズブズブ埋もれる私の足
進むことも
人としてここに
生えることもできない

咲く場所を間違えている花

私は
ただ咲いているだけの花が
私がもう属していない
時間の形見であることに気が付いた

私の呼吸に連なっているものは
辺りに見当たらない
水の面にはまだ誰からも
何の連絡もない

人を裁く線路

線路際の道を歩く私の横を
車体に行き先を点滅させ
いつも高速で走り去る電車
今日は事故でもあったのか
線路上に止まったまま
乗客が宇宙人の様に
次々と車輛から降りて来る

鋼鉄のレールが敷かれた線路
乗客の身体の中にも

レールの様な
人工のものが入り
どうして
こんなことになってしまったのか

線路の横を歩きながら
私の左手が拾った
抜け落ちたカラスの羽根
生身の身体より大きい
失われた骨肉の痛み
ここは私が住んだ町だった

違和感を覚えながら
レールの間を歩く乗客は

自分たちを運んでいた
時間そのものを失った
これからは
地上でバラバラに生きる

私は
彼らが神隠しにあう様に
遥か彼方に見える
駅の中へ消えて行く気がした
地球にはまだ
この人々を
眠らせる力があるのだろうか

過ごして来た日々が向う空

私の頭の中に
今朝の鳥の囀りが宿っている
暖房された部屋
一度だけの囀りが
身近に残って痛ましい

いつも何処かへ行ってしまう鳥の
何処かが
保温された私の身体だった
かつて

誰かに宿り
分けてもらった私の身体

やがていなくなる
私は鳥を
指先から逃がしてあげる

残念なことを
地上にいっぱい残して
過ごして来た日々が向う空は
夢の様に険しい

燃える身体

私が本当は
ここにいないのだとしても
私が見た夢は残っている

何かの間違いだろうか
誰が設えたのでもない
目に見えない
時間という部屋
私たちは
あらかじめ

自分の心を埋めた場所に
生まれて来た

一人が生きたことは
その身体が
燃えたことに等しい
燃える身体がなければ
宇宙になぞらえた
時間も失われる

燃え尽きる私たちに
どうして名が付けられたのだろう
一人いなくなるたびに
変容する時間は

いなくなった人の身代わりに違いない

風が吹くことにも
陽が射すことにも
生死を超えたものの目に
晒されているのを感じる

この世界では
あなたも私も
少し前の出来事だ

時間に映し出され
たちまち燃え尽きる
私の身体

いなくなることが
ますます私であることを
増して行く

風

これから少しずつ
暖かくなると伝えられた日
冷たい風が
直接私の身を切る
瞬時に
思いが風を真似て
あてどなく吹き荒ぶ

吹き荒ぶ風が
私の心と同時に在ることは

郵便はがき

料金受取人払郵便

大阪北局
承認

1635

差出有効期間
2025年1月
31日まで
(切手不要)

5 5 3-8 7 9 0

018

大阪市福島区海老江5-2-2-710

㈱風詠社

愛読者カード係 行

ふりがな お名前		大正 昭和 平成 令和 年生 歳	
ふりがな ご住所	□□□-□□□□		性別 男・女
お電話 番号		ご職業	
E-mail			
書名			
お買上 書店	都道府県 市区郡	書店名	書店
		ご購入日	年 月 日

本書をお買い求めになった動機は？

1. 書店店頭で見て　2. インターネット書店で見て
3. 知人にすすめられて　4. ホームページを見て
5. 広告、記事（新聞、雑誌、ポスター等）を見て（新聞、雑誌名　　　　）

風詠社の本をお買い求めいただき誠にありがとうございます。
この愛読者カードは小社出版の企画等に役立たせていただきます。

本書についてのご意見、ご感想をお聞かせください。 ①内容について	
②カバー、タイトル、帯について	
弊社、及び弊社刊行物に対するご意見、ご感想をお聞かせください。	
最近読んでおもしろかった本やこれから読んでみたい本をお教えください。	
ご購読雑誌（複数可）	ご購読新聞 新聞

ご協力ありがとうございました。

※お客様の個人情報は、小社からの連絡のみに使用します。社外に提供することは一切ありません。

心が心から離れ
みずからを造形している様で
恐ろしい
吹いていない時
風はどこにいるのか

最後には
風は時間と一緒に
私も吹き飛ばしてくれるだろう
形がないものによって
世界の辻褄が合わさる

暖かくなるはずが
急な寒さに襲われる道すがら

いつまでも
影の様な陽が射して

春が来る
私が
春の方へ行くのではなく
季節の方で
私を見付けてくれる
僅かの間でも
一緒に歩こうと

自分はいつも空いている

神は一度だけ
人間を生まれさせたことがあった
それから後は
生まれさせていない

自生する木の
傍らで味わう
自分を留守にする
欠落感は何だろう
自分は居るのに

自分が無い
自分はいつも空いている

時を得て散る木の葉は
私の身体の
空き地に散っている

木の葉に向かって
私とは言えず
黙って見ている

私の心に
遊びに来る足音
誰と遊んでいるのか

どこから来たのか
まだ生まれていないものなのか
居たたまれなくなって
聞いてしまう

深夜の
誰も見当たらない交差点
約束を守って止まる
私は
信号の色だけを感じている

ここにいるのは自分の片側で
もう片方は
道の遥か向こうにいるのだが

信号に向かって
私はと言えないのだ

石

心は広い土地
でも地主がいない
心を
私は綿の様に転がる
自分が自分の中を
こんなに遠くまで行けるとは
知らなかった

建物などないのに
風で

雨戸がガタガタいう音が聞こえる
心の果て
誰かが両脚で立っている
地主かも知れない

中途半端な私を目掛け
どこからか
尖った石が飛んで来る

しかし心は
石を持つと安心する
石と一緒に
深い水底に沈めば
もっと安心する

空

日が沈むと
その日の運命は
どこへ行ってしまうのだろう
生と死
どちらも
本当の名を名乗らない

礫にされている空
誰もいないところで
何も食べずに生きる

不可解な生き物

そこには夜が存在する
夜に照らされた人も存在する
到頭存在した人は
燃やす火と
燃やされるものに分かれる
言葉に関する
私という間違いから解放され

仮死

見えないものに
身体を差し出し咲いている
花の首を折る
切断した花に
自分が持って行かれる気持ちになる

花が失われると
辺りには何もなくなってしまう
何もない景色の方が
どちらかというと鬱蒼としている

花は
毎日咲いていたのだろうか
花には
人の毎日というものは無く
断たれて初めて
花と時間は結ばれる

野で切り取られた花は
水盤に生けられ
仮死状態にされる
手を入れて
さらに美しくする

何ということだろう
花は
無になれないまま
在ることを
止めなければならない

緑等辺三角形

夕方
散歩をすると
郵便配達とか
対向するものが現れて
擦れ違うたびに
互いが消えそうになる
私たちは
どうやって創られたのか
分からないのが良いのだ

歩くと
目の前は果てであり
遠ざかることで
到達する

歩けば歩くほど遠ざかる
野原には形見がいっぱい
そして野に深々と
緑等辺三角形
無いことによって存在するもの
そんなものがある

見上げれば
私たちは

天上に息をすることが許されている
太古からの
人の吐く息が描き上げた
空に深々と
緑等辺三角形

一人の人間より
大きな覚醒はない
深々と見えていて
強烈にやがて見えなくなるもの

次の時間

音を立てないので
雨が降っているのが分からなかった
肌で雨を感じている鳥は
寒さと一緒に
次の餌を待っている

音を立てず
静かにしていても
次の時間に行ってしまう鳥
飛び立ったあとは

もぬけの殻だ

次の時間は
明日のことではなく
選択されていないすべての時
はぐれた鳥は
どこにいるか分からない

一つの身体には
たくさんの命が宿っている
個体が集合であることは
それが
生死によってしか存在できないことで分かる

鳥の姿は見えないけれど
飛翔する
私も
生きているけれど
ここにはいない感じがする
生きていることより不思議な
強い思いが
思いとしてある

次の時間

死の様に動いている

やっと
何も思い出さないところまで来た
花は
私に道を教える様に咲き
触ることができる
死の様に動いている

言葉は
光を投げかける様に
影をもたらし

私をもたらす
私は影の中にいて
影は
私の中にある

私は
日付を持った影として
消えて行く

湖に氷が張り
その上を現象が滑る
私の頭上にも
時間の氷が張っている

時間の上を滑るものは
何であろうか

時間が融ければ
柔らかな肉体に秘められた
柔らか過ぎる死が吊り上げられる
死んでいる
死というものはないのだ

電車

私がくっついてしまっている
衣服を脱ぐと
ホームに
始発電車が入線して来る

電車には
たくさんのものが連れ込まれている
支配と被支配
二つ以上の偶然が息をしている

私は身体を
部品として差し出し
ここから離れ
何処かに近付いてもらう

電車が走る先に生まれる
未解決の線路
生まれたばかりの
白い線路の上に
ホームに置いてきたはずの衣服を着た
私が立ち竦む

こちらを見て
見逃して欲しいと訴える

しかしもう間に合わない
私は私を轢いてしまう

雀の足音の雨垂れ

月の出の様に
子供は夜半に生まれ
朝陽の中で白んで行く
屋根の下でご飯を食べていても
家族は道に迷ってしまう

地球に止まっている
虫の様な人たち
夢の中で
さらに見る夢

じっとしていると
及ばないものが近付いて来る
屋根の隙間から落ちてくる
雀の足音の雨垂れ

でも
私は絶対
誰も生きていないと思う

人間の身体の様な動物

時間は
どこかで自分を持て余したものから
湧き出して来るのだろうか
朝起きるたび
昨日でないことが不思議だ

人は眠ると次の日に行く
時間はどうやって
次の日に行くのだろう
時を運ぶ時があるのだろうか

身体は一人と呼ばれ
影は一つと呼ばれる

影としては
生きているものも
生きていないものも
生きている
影は
目で見ることができる唯一の時間
人間の身体の様な動物

空き地に
紋白蝶が舞っている

蝉が
雀に突っ突かれて困っている
私の頭の中に入ってしまった蝶は
出られなくなって困っている

地面に映るすべての影は
光の加減を利用して
飛び立って行った

何もないところにいなくなることはできない

犬の散歩に出たことがあった日
雲の流れ具合がおかしく
有りもしない私の身体に滲み込んで
寒気がしたことだ

月の満ち欠け
潮の干満に見る夢は
本当は夢に見られているのだろう

午前と擦れ違った午後

桜の花が散って
地面に結び付く
音がしなくても
静かで力がある

花びらの声がしたと思ったら
誰もいない
私も散ってしまった一枚だろうか
離れたところに
触ることの出来ない私が生まれる

手を洗うたびに手首が落ちる
花が散る様に
何かを覚えているというのではなく

すべてを忘れたというのでもない
質料の中に消えて行く声
私は私の中にいなくなる
何もないところにいなくなることはできない

離れていることは近付くことでは解決しない

家の中で
ガラス、
ガラスを割る
遠くの方で
氷山の崩れ落ちる音が聞こえる
言いようのない生命が
そこに在り
在ると想像される

何処かへ連れて行くが

導かない光の中
大勢の子供が大木に群がり
囚われている

幹に身体を絡ませ
同じ空気を吸いながら
違うものが生きている

子供の隠された心である木
目には見えない
柔らかな脳が根元にこぼれ
木はさらに太くなる

日が暮れる頃になって

やっと気が付く
離れていることは
近付くことでは解決しない

誰も
森林火災から逃れられない
それは
見えない身体が木になって
燃え広がって来るからだ

憑依

雨が降っていないのに
地面が濡れている
これから降って来るのだろうか
何の理由もなく滑り落ちて来る
時間という衣服に心奪われていたい

時間を着た私が　二人であること
生きている間　これを理解できるか
滴の様に
頭の後ろから襲って来る寂しさ

夕方急に冷え込み
地震があったりすると
本来無いものが
私の身体の隅々を充たしている感じがする
在ること無いことで手一杯の世界
次々と用意される物語の部屋

不明な確かさを確かめるために
自分で自分の身体を触ってみる

何か言い足りない
訳の分からない寒さ
時間は憑依して姿を現す

死は　生き物ではなく
時間の側にある

季節から枝分かれして
言葉の道を選んだら
自分の心に漂着したものを
すべて漁ってはいけない

思い出されてしまった無

川で何かを釣り上げてしまった
人だったらどうしよう
そして　私が人でなかったら

誰もいなくても
隣というものはある
無の水面から顔を出しているものが
それだ
いなくなった猫の様に
思い出せない

地の上には
空がなければ辻褄が合わない
心はくれぐれも
身体より先に行ってしまわない様に

ところで顔を持たない木
物言わぬ生の本質
並んで生えている影
無いことの中に在ることは
どうやって

銀杏の葉が舞い散る夜道を
猫が逃げる

見えなくなっても悪戯を止められない
私を
紐で縛って動けない様にして
それで駄目なら
言葉で縛って絶望させて

死者の子孫

月が出ている様な空の形
丸いけれど円ではない
何物も生かしては置かず
生き物を空の様にしてしまう

何処でもない空からの
逃げ方が分からない
無いものに似せて創られる
在るもの
分からないことがなければ

分かることもない

地面が濡れているのに炎は上がる
火は別の原因で燃えている
増えることも減ることもなく

空に
育て上げられた
三日月
すべての死者の
子孫

命取られる

こんな所で花が
花の言葉で咲いている
辺りが暗くなるのを邪魔していない
地面に毛布を掛ける様に

何も考えていない人が
何かを考えている時に
開花は起こる
心に誰もいなければ

一夜
血は巡り
身体は研ぎ澄まされた
命は生きるために
花の周りを廻ろうか

この花が誰のもので
何時見られた夢か分からない
風が吹いて
風に吹かれるまで

見えないものだらけになったら
空が
朝焼けに染まる

数えられない
見えないもの

破綻を支えにする
永遠の中の少し
もう少しで
命取られる

命取る
見えない風
生きていた日々をそっくり
身体から運び出す

そう言えば

ここに咲いている花
落ちている汚れたシャツ
これは
私が事故に遭った所

似姿

静けさの中
昔の人が取り去って行く
時は遥かに
距離を持ってこその現在だ

私の身体は
とっくに姿を消した人の似姿
生暖かい
似姿という問題を抱えたまま
自分を漂わせておく訳には行かない

似て非なる者として
私は何処に遠ざかって行く
すなわち自分が
別々の場所で同時に
私であると言っている
事柄の様に生まれたものたち

一滴の水
恵みをもたらすものであっても
いけないものでもあるのは
流れるだけではなく
流してしまうから

命は
死なない様に握られる
死なない命に握られて
互いにぶつかりながら
私は私であると
不思議なことを言っている

決められた日

高層マンションの給水塔の上に
カラスに似た鳥が止まっている
ずいぶん高い所にいるものだと
何気なく眺めていると
やにわに飛び立った

私が見守る中
空に飛び込んだ鳥
別の人の目には
初めから飛んでいたかも知れない

次は何処に羽を休めるのかと
しばらく姿を追っていたら
電線や樹木という
手掛かりになるものから離れて行く

街中にいる鳥が
測ることができない
真の空と呼べるものの中へと入ってしまった
風に流され揺れる身体が見えている

鳥は
見えなくなると言うより
雲に紛れ

空に攫われ
次第に鳥でなくなって行った

決められた日
決められた時間
高い空を飛ぶ鳥の目には
私が人間でなくなって行くのが見えていただろう

水面の平和

岸辺に聳えている巨木と
生き物の身体が
一枚の水面に映っている
水面で時は一枚にたゆたい
いつも今がある

水面に映って余りあるものは
ふとした弾みで
自分を渡してしまったものの堆積
新たな光が射し込むたびに

風が立つとたちまち崩れ
掴み所がなくなるところを見ると
水面に映る身体は
形であるより
去らなければならない
内実だった

鳥は
自分に気が付く前に
鳥の姿になった

空に
簡単な線が一本引かれ

その線の彼方を飛翔する
鳥の姿は
この世の水面には
どうしても映らない

命の先

私が住まいしている
家の前に車が止まって
誰かが降りて来た
ドアをガタガタさせて開けようとしたが
開かないので帰ってしまった

私の様な姿をした人間と
誰かしらの人影は
会うことはなかった
私たちは身体がないのに

生きている人なのだろうか

外界にふさわしく
家の外に立つ電信柱
私はその細い電線を伝って
ここに来た様な気がして
懐かしい

無理のない範囲で建てられた家
人であることには無理がある
直立する体つきも然ることながら
呼吸によって現在に釘打たれる
生きるもの

静けさの中にあるサナトリウム
咳をしながら
やっとの思いでドアを開けても
そうか
命の先へは行けないのか

四本杉の発見

自分が写っている写真の様な公園
片隅に聳える四本の杉の木
ベンチに座っていると
何かに吸い込まれる様な気がして
素直に立ち上がった

こぢんまりとした公園を
覆すのに十分である
杉の巨木
偶然通り掛かり

空白の様な公園に
足を踏み入れる親子連れ

子供が
設えられたばかりの
新しい遊具に乗っていると
無の負荷が掛かって
明日の方へ引っ張られそうになる

明日も在るか分からない
園の中
どうしても解けない
四本杉という物理

やがて
すべてのものが引き揚げられる
幽かな陽が射す公園
思い出すことができない夢

眞神　博（まがみ・ひろし）

一九五〇年生

詩集

『ひかるか』一九六九年　私家版

『嬉遊曲』一九七〇年　私家版

『舗装』一九九六年　詩学社

『焼きつくすささげもの』二〇〇一年　ダニエル社

『修室』二〇〇八年　ダニエル社

思想文集

『ピカソとカフカ』一九七〇年　私家版

『姿としての言葉』二〇〇九年　ダニエル社

精神の配達

2024年7月25日　第1刷発行

著　者　　　眞神　博

発行人　　　大杉　剛
発行所　　　株式会社 風詠社
〒553-0001 大阪市福島区海老江5-2-2 大拓ビル5-7階
Tel 06（6136）8657 https://fueisha.com/
発売元　　　株式会社 星雲社（共同出版社・流通責任出版社）
〒112-0005 東京都文京区水道1-3-30
Tel 03（3868）3275
印刷・製本　シナノ印刷株式会社

ISBN978-4-434-34116-8 C0092